阳光文库

马非——著

为时不晚

黄河出版传媒集团
阳光出版社

图书在版编目（CIP）数据

为时不晚 / 马非著. -- 银川：阳光出版社, 2024.
7. -- (阳光文库). -- ISBN 978-7-5525-7389-3

Ⅰ. I227

中国国家版本馆CIP数据核字第2024A4G357号

阳光文库　为时不晚　　　　　　　　　　　　马非　著

责任编辑　李少敏
封面设计　晨　皓
责任印制　岳建宁

黄河出版传媒集团
阳光出版社　出版发行

出 版 人　薛文斌
地　　址　宁夏银川市北京东路139号出版大厦（750001）
网　　址　http://www.ygchbs.com
网上书店　http://shop129132959.taobao.com
电子信箱　yangguangchubanshe@163.com
邮购电话　0951-5047283
经　　销　全国新华书店
印刷装订　三河市嵩川印刷有限公司
印刷委托书号　（宁）0030177

开　　本　710 mm×1000 mm　1/16
印　　张　12
字　　数　160千字
版　　次　2024年7月第1版
印　　次　2024年7月第1次印刷
书　　号　ISBN 978-7-5525-7389-3
定　　价　48.00元

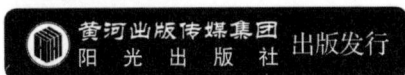

目录
CONTENTS

1

第一辑

哪有冬天不冷的

哪有冬天不冷的

一个主要工作

需要在户外

完成的朋友

批评我:

"你不觉得冷

穿一条薄秋裤

就能过冬

是因为出门坐车

下车进屋"

他进而

没好气地总结:

"哪有冬天不冷的"

我没敢吭气

梦

梦回小学课堂

一点也不美好

在缺胳膊少腿的

桌椅中间

腿都伸不开

睡了一晚上

醒来还很累

最美的风景

初三和高中三年

我是在铝厂度过的

它的旁边有一条河

受铝厂污染

成了臭水沟

为此周遭的村民

与铝厂人发生过

一场大规模争斗

一年春节

中学校友群里

在铝厂工作的杨同学

晒出臭水沟的照片

点赞者众

远在东北的马同学

还如是留言：

"我心中最美的风景"

妈

儿子：

"说一百遍了

还没完没了

唠唠叨叨

我妈烦死了"

我：

"说了一百遍

还没完没了

唠唠叨叨的人

才是你妈"

命运

我的朋友张伟

去年走霉运

全程我是目睹的

我还目睹他家里

那些跟他一样

蔫了吧唧的花

根本不是他说的

"人背花也背"

其实与命运无关

全是因为

他无心打理

水都不浇

搁谁家也好不了

分居

飞无锡

从西安转机

在夜色中抽烟

听到一个也在

抽烟的女人

冲着电话说：

"你不知道吗

分居是要离婚的"

我想起父母

心里嘀咕：

"我爹我妈

分居二十年

每一两个月

才能见一面

走到了现在

还是两口子

感情好着呢"

矛盾

早春二月

江南水乡

寒气逼人

有一晚

丈母娘

一边流泪

一边对我说：

"等你丈人

走到最后一刻

我要告诉他

我恨他

恨了一辈子

现在还不行

他身体不好

我一说

立马就得气死"

牢骚

江南诗人

可把我害苦了

在你们的诗里

什么时候的江南

都是美好的

我从来没读到

江南三月天

仿若冬月

以致准备不足

差点被冻成僵尸

玉兰

玉兰花开
就是演播大厅
点亮的枝形吊灯

下一个节目是
《春天圆舞曲》
由一群穿着
裙子的姑娘演绎

瘦西湖

瘦西湖太美了

以至于把游船上

坐在我旁边

带着一个小孩的父亲

变成了马大哈

光顾着自己看风景

一路行下来

搞得我提心吊胆

几次出手

把即将掉下湖的孩子按住

我都不好意思了

这样很容易

让不知就里的人

以为我是他父亲

明天是星期几

侍弄我头发的

固定理发师

突然问我：

"明天是星期一吧"

我纠正之后

他接着说：

"干我们这活儿

没有节假日

都过糊涂了"

停了一下又说：

"管它是星期几

只要有活儿干就好"

那天我是第一次

觉得五十块钱

理一回头发不贵

丢手机

这是我第三次丢手机

尽管是在梦里

可比前两次

在现实生活中真丢还急

里面有我新写的诗

我借了个手机打过去

居然没有关机

对方声音嘶哑地问我：

"你这部手机总得三千多吧"

没等他说完

我就把话头抢了过来：

"大爷您说得不对

我必须纠正一下

是五千七"

提前五分钟

这是我中学时代

形成的认识：

拖堂的老师

不是好老师

提前太多下课的老师

不是好老师

随着下课铃响

喊"下课"的老师

是好老师

但不是最好的老师

最好的老师

是不多不少

提前五分钟

下课的老师

我是诗人

不是老师

忽然念及此事

不会毫无道理

糖

我不爱吃糖

小时候吃多了

不是数量的多

而是次数的多

我几乎每天

都在吃糖

一块糖球

揣在兜里

随时拿出来

舔上一舌头

再放回去

一吃就是一星期

与叙利亚有关的一个梦

这几天

那个面对记者镜头

高高举起双手的

叙利亚四岁小女孩

在我的头脑中

总是挥之不去

进入梦境

实属必然

在我的梦里

她并没有变化

变化的是

我高举双手

和她站在一起

对牛弹琴

从来都是嘲笑牛笨

从来不见有谁嘲笑

弹琴的家伙笨

不过我是一个例外

我就嘲笑了自己

好几回

清洁工

合肥的清洁工

和西宁的清洁工

是一样的

与美有仇

不同之处

仅仅在于

他们会把

夹竹桃上

掉下来的

美丽花朵

随时扫走

这种植物

西宁街头没有

朋友

在亚朵酒店门口
朱剑一边捡起
我丢掉的烟头
一边冲我说：
"西安有新规
某个清洁工
管辖的区域
但凡一次发现
五个以上的烟头
就会对其处罚
扣除半个月工资"

在出租车上

每过一会儿

司机就说两句话

因为是纯方言

我听不懂

但还是回应了

所以每过一会儿

我就会嗯一声

直至付费下车

我才意识到

他说话的对象

不是我

而是手机

但也没有产生

自作多情的感觉

好诗

你只看到手机城门口
由人装扮成的吉祥物
随着《小苹果》的音乐
跳着欢乐的舞蹈
还不断有小孩
与之合影
不是诗

当人群散去
你看到装扮成吉祥物的人
摘掉吉祥物的头套
坐在树荫下的
马路牙子上休息
擦拭满头大汗
才是诗

如果你还能看到
此时正值流火的七月
就是好诗

打车

从汉庭积水潭店路边

打车前往言几又书店

参加磨铁诗歌奖颁奖礼

等了半天也没打上

车都从对面过去了

于是我们转移到对面

诡异的一幕发生了

刚刚等待的地方

驶过的车多起来

这边却一辆空车都不见

等了半天焦躁不安

我对张明宇说：

"这就是人生"

其实我哪懂什么人生

只是随便说说

聊以打发恼人的时间

不过最后我们还是

返回马路对面

才告成功

中药

想通了

它治好了我的病

至少正在治好

我的病

留在口腔里的

那点苦

是代价

没什么好抱怨

接纳就好

事实上

我这么做了

而且如你所见

已经做到

乱

从大连飞西宁

没有直达航班

要在西安转机

于是我选择了

直飞兰州

叫车来接的路线

事有凑巧

兰州雷雨天气

飞机就近停靠

直接载回西宁

那一年是哪一年

我想不起来了

记忆里面

什么都是乱的

只有这件事

乱得合我心意

爬山

过去爬西山

抵达固定位置

中途要歇三次

今天是一口气

爬上来的

在一年没爬

西山之后

这天是 6 月 24 日

十分难忘

为了尽快找到

4G 信号

后怕

太危险了

抵达此岛

只需一天航程

却要经历

一百个巨浪

浪浪相扣

随便被一个打翻

就是一种

不同的命运

也就是说

不会是现在的

好结果

怀旧

有人在朋友圈晒出

1986 年全聚德

烤鸭店的菜单

最贵的一道菜

是红烧海参

才五块二毛钱

我还看懂了

他的感慨留言：

"我有点怀旧"

他是在用现在

挣来的钞票

怀念过去的便宜

我们共有的心理

态度

什么是对人生有益的
且看老耿在其老父
刚查出直肠癌时
对我表露的态度:
"上半夜没睡着
翻来覆去地瞎琢磨
很快就想通了——
我睡不着他也得病了
我睡着也改变不了什么
于是一歪头就睡着了"

我一直在暗中向他学习

深圳机场

它设置了吸烟区
但是不忘吓唬你——
  "健康，随烟而逝
病痛，伴烟而生"
老唐说：
  "还挺有诗意"

谁说我不忧国忧民

每到夏天

当旅游高峰出现

被堵在路上的时候

越来越多越来越长

我一反常态

不再抱怨

用微信打发时间

从事服务行业的人

如舅舅一家

有钱赚了

日月潭

六年前的台湾行

关于日月潭

之旅的记忆

只剩下在那里

吃阿婆茶叶蛋

在蒙蒙细雨中

创平生

吃蛋最多之纪录

我一口气

干掉了六个

言不由衷

老李的儿子

在美国工作

去年春节前夕

在大润发超市

老李亲口相告

我才知道

顺着老李目光

和手指的方向

我还目击

回来探亲的小李

头发比老李少

我没有对老李

言明这个发现

反倒握着他的手

连续说了好几声

"挺好挺好"

退一步有专车

又要乘摆渡车

有了以前的经验

这次就不急了

我从队伍里退出来

上了一趟厕所

打了一杯热水

买了一袋牦牛肉干

上车一看

乐开了花

空座很多

如果把另外两位

忽略不计

或者当他们是秘书

我坐的就是专车

以摆渡车为专车

我还是头一遭

一场雨

离开深圳的早上

在街边小吃店

以鲜肉包

和肠粉果腹

一场阵雨

突如其来

我没带伞

时间尚早

并不着急

我一边吸食豆浆

一边望着外面

奔跑的人群

被雨阻挡

却意外地

目击了一场雨

从下到停的

完整过程

这样的经历

很久没有过了

一个女人

不是自己的问题

与男人离婚

居然没有争取

也就没有得到

任何物质补偿

我张大嘴巴

瞪大眼睛看着

发生在眼皮底下

这个铁打的事实

只有神话传说

才能在我身上

制造这样的效果

按摩

自从买了
颈部电动按摩仪
我不再找人
进行颈部按摩
麻烦是一回事
费钱是一回事
更主要的是
我发现他偷懒
他在我脖子上
使的力气不够
还没有办法做到
仪器般始终如一
更可恶的是他
一会儿打电话
一会儿放响屁
至于经常向我
倾吐人间苦水
也令我不胜其烦
有时候真的能
把人活活苦死

第二辑

过去的好

口非心是

从一位初中女同学口中得知
我们班的一位男同学
因为另外一位女同学
（该女同学已经二婚）
终身未娶
我心底其实是有敬意的
但嘴里冒出一个字：
"傻"

中秋夜

我刚要宣布

今晚不相思

相思也没用

因为下雨

没有月亮

寄不出去

又立刻

想到了手机

教练

老婆开车四年

跑兰州机场

这么远的路途

还是第一次

天黑又逢大雨

坐在副驾驶

我不免紧张

又不好声张

只好双手抱胸

做镇静状

偶尔喊上一声

通常是"注意"

老婆说：

"你挺像教练"

惭愧得很

在驾驶技术方面

我这个教练

才刚刚学会

怎样开车门

以及锁车门

凌晨五点

凌晨五点的城市

我很少见到

因为早起送机

我终于见过了

一个男人从出租车上下来

一个环卫工人在扫大街

不过如此

值得记下一笔的是

在古城台十字路口等红灯时

有一个女孩打车前走过

关于女孩的职业

我的看法与司机相左：

"是值夜的护士

下班了"

我还给他指了指

右手边的医院

雨后

新雨之后

不在山中

到了傍晚

天气也凉了

麒麟湾公园里

穿黄色服装的

环卫工人

乘坐小船

在湖水上

打捞垃圾

制造的意境

也挺美的

我乐于看到的

我在塔尔寺西门外

看见几个城管

他们威风凛凛

一个劲儿吆喝

就是懒得从车上下来

致使小贩

有充足时间四散

见过

有一个人
切菜误伤食指
在朋友圈展示
很多人嘘寒问暖

如果我没见过他
还请他吃过饭
我也会信以为真
留言安慰

问题出在
此君并非左撇子
而他受伤的指头
长在右手

有一种死

星期天下午

在水果店

看见一只小猫

叼着一只老鼠

跑来跑去

我对老板说:

"老鼠好像死了"

"刚才还活着"

"被咬死了"

"这你就不知道了

是被玩死的"

吓我一跳

走出老远

才想起手里的西瓜

不是我要买的水果

喂奶

她总是饭吃到一半

有时冷菜刚上齐

热菜尚未起

就起身离开了

我们是理解的

有一个婴儿

等待她喂奶

如果有一点奇怪

针对的是

其中很多饭局

完全没必要参加

她硬要挤进来

真正的奇怪

出现在一年以后

她的女儿快三岁了

她提前离席的理由

还是回家喂奶

不过再未持续多久

也不可能更久了

三场雪

入冬以来

不到半个月

已下三场雪

第一场雪

大人小孩都兴奋

第二场雪

有人已表现出

不适乃至反感

面对下在

今天早上的

第三场雪

我站在路边打车

看见一个同样

打不上车的人

放声大骂

车行平谷山中

每遇急转弯

为了提醒对面来车

小赵就按一下喇叭

然后惊起几只喜鹊

给我一种错觉

喜鹊是从喇叭里

飞出去的

一路行来

在拐弯处

虽然没有

碰上一辆车

但从喇叭里

飞出来的喜鹊

达二十只之多

相信未来

有时候我很惊讶

我的父亲母亲

为什么学不会撒谎

都七十多岁了

仍然改不了

一说假话

就脸红的习惯

想不明白

但并不妨碍我

每每念及此

就热血沸腾

并对未来充满信心

儿子长大以后

走在路上

看到卖气球的

还是会经常产生

购买的冲动

昨晚在力盟散步

这种冲动尤其强烈

那是在看见

手里攥一把气球

背着竹制背篓

背篓里装着婴儿

在寒风中站立的

一个女人之时

我都准备买了

可是摸遍全身

找不到一分钱

手机也忘了带

错过

我错过了

跟沙丁鱼罐头

一样拥挤的

一辆公交车

紧随其后

又来一辆

加上司机

不过两人

我看见一个孩子的命运

在武汉中华路

锦江之星酒店旁边

一家百合副食店门口

我看见小店老板

正辅导孩子

学习加减法

方式简单粗暴

一会儿拍桌子

一会儿拍孩子的脑袋

一会儿大声吼叫

用的是当地方言

我听不大懂

但是并不妨碍我

看清孩子的命运

昨天的活动

昨天在江城武汉

国际会展中心

搞的小诗人活动

整个过程充满欢乐

孩子们的精彩表现

令我这个主持人

幸福到几次忘词儿

但也就持续到

活动结束之后

午餐盒饭送来之前

目击苇欢的女儿海菁

在嘈杂的环境里

做作业的那一刻

两种树

早餐之后

在成都武侯区

酒店楼下散步

通过标牌说明

我认识了两种树

一种叫朴树

一种叫香樟

尽管我知道

下次在别处碰到

仍然认不出来

但并不影响我

心情愉快地

绕着它们

转了好几圈

成都

想了解一座城市

就要品尝它的特色小吃

今天中午在成都

吃的是担担面和钟水饺

麻辣适中

合我胃口

只是在此前的

等待过程中

有一刻令人发愁

我注意到等餐号码

是超大号的麻将

有的桌上是幺鸡

有的桌上是五饼

仿佛也非常可口

只有我面前的九万

是不能吃的

鸟鸣

向青城山山门

进发过程中

尽管人如潮涌

我还是体会到了

青城天下幽

部分因素

出自悦耳动听的

鸟鸣的反衬

只不过循声望去

声源并非来自树上

而是来自树下

一个小老头嘴里

叼着的黄色小管

这样的东西

他还攥着一大把

登玉台山

在出租车上

司机告诉我

经滕王阁

登上山顶的

积翠亭

需要四十分钟

而且是当地

经常锻炼的人

才能做到

可是我用了

半个小时

就爬上去了

赶时间

是一个原因

此处与杜甫有关

也功不可没

好书

历时五天

检查结果

陆续出来了

虽然毛病不少

但尚不足以致命

这时我才注意到

我带了一本好书

放在病房的枕边

名字叫《雨后》

是爱尔兰作家

特雷弗的小说集

测血糖

自己扎自己
居然扎出了好心情

按照护士的说法
像蚊子叮了一下
于我却疼得要命

看来抹脖子自杀的事
无论如何也不可能
发生在我身上了

谁先死

我被医生确诊为

糖尿病人的那天

老婆跟我讨论了

我们两个人

谁先死的问题

主要是她自言自语

结论是这样的：

还是我先行一步

她才能放下心来

但有一个前提

必须活到八十岁

雪后

在雪地上
看见一串脚印
美丽极了
即便我知道
这是任谁见了
都要喊打的
老鼠留下的
也没觉得
做此判断
有何不妥

暖气

给我家

修暖气的师傅

是江西人

再过几天

就要动身

回去过年了

他告诉我

其实不想回

老家特别冷

屋子里

没有暖气

我妈

针对我的病

不但要吃粗粮

而且要尽可能少吃

其中的道理

我跟我妈摆过

不下一百次了

她也频频点头

以示理解

可每到一起吃饭

又出尔反尔

还是把大鱼大肉

给我夹一碗

我不吃

她还不高兴

所见

晨走过程中
途经一家菜店
见两个人正在卸车
貌似儿子的人说：
"这天也太冷了
能把人耳朵冻掉"
貌似父亲的人说：
"冷得还不够
真把耳朵冻掉就好了
这菜尤其是青菜
一斤能多卖两块钱"

没意思

当穿新衣

吃好吃的

成为日常

过年也就没意思了

没意思就没意思吧

只要穿新衣

吃好吃的

成为日常

饺子

我生病之后

严格地讲

是不太能吃饺子的

跟我妈也说了

以后少包给我

但跟没说一样

其中原委

被我爹一语道破：

"你妈一辈子

只会包个饺子

还固执地认为

只有饺子最好吃

你不让她包

她就不知道

给你做什么事了"

从此以后

在这件事上

我再未阻止

公文包

我的同事

一个拎了一辈子

公文包的家伙

退休之后

也积习难改

进进出出

仍然拎着公文包

有一次在菜市场

我看见

他往里装菜

人间最美六月天

在杭州学习

六月天热

我养成了

每天赶在太阳升起之前

到附近公园

晨跑的习惯

前后半个月

每天我都能看见

在一张固定的长椅上

以报纸当被子

睡觉的一个乞丐

每次经过他

我都能听到鼾声

在鸟鸣声中

像另一种鸟鸣

我总是停下脚步

听上一会儿

并会心一笑

然后离开

很多年过去了

此情此景

还经常出现在

我的记忆里

仿佛就为了今天

逼我说出

人间最美六月天

不在别处

就在杭州

蚂蚁

在花园的小径上
老能看见蚂蚁的尸体
明显是被人踩死的
有的时候还能看见
蚂蚁拖拽蚂蚁的尸体
但是这个残酷的事实
并没有阻止更多的蚂蚁
出现在花园的小径上
在灾难降临之前
它们对鞋一无所知

空石凳

坐在石凳上的

一个胖老头

隔着石桌

冲着对面

一个空石凳说话

如果这个场景

不是发生在

我的院子里

如果我不知道

那个空石凳

通常都属于

一个老太太

只是打此路过

一定以为

遇到了疯子

我还知道

那个老太太

上个月走了

第三辑

聚宝盆

红绿灯

从卧室的窗口望下去

一眼就能看见

一个路口的红绿灯

他每天起床第一件事

就是看这个红绿灯

如果刚好是绿灯

他就觉得一天都会顺利

如果是红灯

他就会心惊胆战地

度过一天

红绿灯的这个妙用

我还是第一次知道

在一个贪官的

交代材料里

雨天过秦岭

我睡了一会儿

睁开眼睛

以手掌擦去

玻璃上的水雾

有一阵子

我恍惚了

以为正置身

美术馆中

面对一幅超大型

水墨作品

邛海印象

太阳出来了

雾气蒸腾的邛海

仿佛肥沃的土地

有几个小人儿

在其上劳作

一锹又一锹挖土

动作敏捷

频率不低

拥有蓝天白云的村庄

参观昭觉谷莫村

驻村第一书记

给我们介绍情况

第一句就把我逗笑了：

"我们村自然风光好

有蓝天白云……"

但是很快就笑不出来了

当我抬起头来

透过大树的枝叶

看见蓝天白云

不得不承认

他说得对

在谷莫村

盛情难却

当彝族老人

从塑料桶里

倒给我半碗

自酿的苞谷酒

我抿了一口

对同伴说：

"堪比茅台"

觉得不够

又补充说：

"比茅台好"

并非客套

在长达半年多

滴酒不沾之后

我喝出了以前

在任何酒里

从来没有

喝到过的酒香

我是怎么长大的

梦回老家

看到房门背面

从低到高排列的

一道道划痕

梦醒之后

才想起来

我是怎么长大的

那是每年除夕

我站在那里

由我爹或者我妈

比量着我的脑袋

刻上去的

我仿佛还可以听到

他们欣喜地说：

"又长高了"

蚂蚁

我坐在院子里

小花园的石凳上看蚂蚁

也许是秋天了

它们变得忙碌

一只拖着苍蝇的翅膀

一只拖着另一只蚂蚁的尸体

一只蚂蚁与另一只蚂蚁相遇

亲了个嘴就匆匆分离

它们一点都没有意识到

危险的存在

只要我抬起脚

就能将它们送到上帝那里

怀念

我办公室的花

是由花卉公司提供的

每周都会有一个男人

前来给花浇水

有时候还施肥

他从不吭声

只是闷头干活儿

我也从来没有

跟他说过一句话

当有一天我看到

一盆花的叶子

出现枯萎的迹象

才想起来

他至少有一个月

没有出现

我怔在那里

事后我才意识到

这种表现就是

很久没有发生过的怀念

略有遗憾的是

他长什么样

我一点也想不起来

诗神

我坐在楼下

小花园里

用手机写诗

一口气写了三首

在这个过程中

我老是感觉

有人从背后看我

也曾多次回头

但没有看到人

我以为是

隐身的诗神

当我起身离开

才意识到

看我的是树

一棵长着

眼睛的白杨

奇怪

我妈七十有四

记性不好了

这没什么奇怪的

让我奇怪的是

她对三个儿子

两个孙子

一个孙女

以及她的七个

弟弟和妹妹

还有一些

远房亲戚的生日

了如指掌

分毫不差

而我彻底记住

她的生日

还是近几年的事

佛

在敦煌莫高窟里

我看见一尊佛像

折断的胳膊里

露出的是木头

和说不清的干草

又来敦煌

又见大漠戈壁

又见干枯的河床

又一次坚定了我

做一个科学

拥护者的决心

我期盼并呼吁

科学再进步

最起码发展到

把南方的雨水

调运到大西北

来下的程度

聚宝盆

柴达木盆地

十年前我来过一次

当时就感觉

仿佛到了月球表面

称它为聚宝盆

我不知道是什么意思

直到此次在英东油田

面对在寸草不生的土地上

劳作的石油工人

收获了久违的泪水

我才明白这个命名

真是再恰当不过了

柴达木盆地

不要抱怨

老天爷最终是公平的

地上有东西的地方

地下没东西

地上没东西的地方

地下有东西

当然关于后者

还取决于你能否

挖得下去弄得出来

纠偏

不能全部

用功利的眼光看人

仅从柴达木盆地里

工作的石油工人来看

一般工资才四五千元

已大大出乎我的意料

在油砂山油田

一个美丽的姑娘

则令我眼镜跌落

瞬间摔成八瓣——

作为油三代

和空乘专业毕业的大学生

她辞去空姐工作

回到了这里

一定有我这样的俗人

不了解的更高的东西存在

无锡新居

我一点儿都不奇怪
在楼下站了一会儿
腿上就有十几处
受到蚊子的攻击
脸上也被咬了一口

这里过去是烂水塘
蚊子的家园
被人类开发
它们岂能善罢甘休
让你出点血还债

羡慕

每到金银滩

看见牛羊

在草原上

无忧无虑

安逸地吃草

我就止不住

充满羡慕之情

但时间一般

不会持续很久

紧随其后

总是不可避免

来到餐桌前

在青岛海边听人唱歌

我不管是真是假

只要能说出

"给爱人治病筹钱"

这样的理由

就值得我掏出十块

初到青岛

在夜色中

抵达宾馆

进入房间

当看到两罐

免费啤酒

出现在两瓶

矿泉水旁边

我才有了

抵达青岛

的真切感受

一线城市

在青岛几日

每听到有人讲

青岛已步入准一线城市

正在向一线城市冲刺

我的鼻子就会哼上一声

当时并不清楚

为什么会有这样的表现

回到家才反应过来

在那里我没想到一个

可以聊一聊的诗人

UFO

我上大学的时候

陕师大以南

除了一座电视塔

就是麦地了

忘了去干什么

总之有一晚

我朝那个方向走去

遭遇了"UFO"

在我的前方

呈悬浮状态

不知哪儿来的胆量

我并没有逃走

而是屏住呼吸

心脏怦怦直跳

向其挺进

虽然十分钟之后

证明只是电视塔上

点亮的一盏

平时很少点亮的灯

但我从未怀疑过

我曾遭遇"UFO"

至少长达十分钟

耳勺

穿在钥匙扣上的
跟了我很多年的耳勺
一个月前掉下来坏了
一直没有时间买新的
也不需要买新的了

过去有耳勺的时候
我的耳朵几乎天天痒
近一个月以来
这个毛病不治而愈

天问

尽管不让

在十字路口烧了

但中元节的晚上

还是有人烧纸

在新宁广场

东南角的铁桶前

排起了长队

站在我前面的

是一个比我

年轻不少的男人

他边烧边念叨：

"天冷了

给妈妈寄点钱

买衣服穿"

他领着的孩子

如是发问：

"爸爸

奶奶能收到吗"

不知道自己

无意中发出的

是一句天问

打架

你指着我的嘴巴

一遍又一遍地问

大有不问个水落石出

誓不罢休的意思：

"你的牙怎么了

是自然脱落

还是人为造成的"

弄得我极不耐烦

只好如是回答：

"打架打掉的"

尽管打架的对象

不见得是人

看电影看哭了

从十三岁开始

一个身上的伤口

就没断过的小混混

在十八岁时

被无限期地关了进去

他对狱友说：

"这下好了

伤口总算可以愈合了"

梦

有一个人

发明了一种床

人一躺上去

就能睡着

而且一觉

睡到大天亮

成为今年

畅销商品里的

第一名

他也借此

成为全国首富

皇帝的新装

跟上次一样

其实大家都看出来

皇帝没穿衣服

但与上一次

还是有所不同

不但没有一个孩子

站出来将之揭穿

相反就连孩子

都在赞叹：

皇帝的新装

真好看

残酷的东西

在我小时候

短暂的乡村生活里

积累过一些经验

比如把吃剩的鸡骨砸碎

再喂给鸡

它们不但爱吃

还可以起到

催蛋的效果

令我这只馋猫

不惜挥汗如雨

无条件地包揽了

所有砸骨的活计

意识到里面存在着

某种残酷的东西

是长大之后的事

浪漫之夜

雪下得不大

显得更美

我还注意到

男女牵手而行

或挽臂而行者

比往常多很多

我是从差一点

被溜滑的地面

滑倒才意识到

我对此夜的命名

并不十分精准

冬至饺子

说来惭愧

快奔五十的人

还不会包饺子

但我从来

没缺过饺子吃

尤其在冬至

和我妈一起过

自不必说

不和我妈过

她也会包好

提前送来

今年也是如此

但在我最爱的

酸菜馅饺子里吃出

只有在感恩节

才能吃到的

火鸡肉的味道

还是第一次

平安夜

在下行的电梯里

碰到一个人

打破了我不与陌生人

交谈的传统习惯

事情是这样发生的:

他看了我一眼

我也只好看他一眼

然后他自报家门:

"送外卖的

刚才那家人

把人气坏了

单子上没写门牌号

我在门口打电话

他鼻子不是鼻子

脸不是脸

冲我发脾气

说我影响他看电视了"

他说了一口东北话

与我有老乡关系

我想能安慰他

直至走出电梯

就是这个原因

感谢

20 世纪 90 年代

一个看罢《一行乘三》

被激怒的

想要整我的老领导死了

我不但没有幸灾乐祸

相反还前往吊唁

并非自己有多么高尚

而是我深深地知道

二十多年来

在创作的道路上

我能做到初心不改

一条道走到今天

跟此事不无关系

新年快乐

因为跑到阳台上

写一首诗

烧坏了锅

于我还是第一次

发生在新年

第一天早上

被家人定性为

老年痴呆症的前兆

并要求我背诵

乘法口诀

让我笑了老半天

肚皮都疼了

第四辑

雨停了

前赴后继

我身边有很多

被脱发问题困扰的人

有几个在年轻的时候

就几乎成了光头

这些年我也就不得不

目睹他们为此

做出诸多努力

自然包括花费大量钞票

购买各种液体和固体

就目力所及

没有一个人

重新长出头发

问题是后来者

仿佛没看到似的

仍然前赴后继

就在昨天晚上

在散步途中

我还听见两个秃顶男

讨论用哪种生发水

效果会更好

其中有一个我认识

有时间没见了

他的脑袋已从秋天

进入冬季了

喜欢小动物的人

记得有一位女诗人

在微信朋友圈里

说过这样的话:

"喜欢小动物的人

都是善良的人"

如果她看到

刚刚告破的

发生在二十八年前

南京医学院

女大学生奸杀案

其罪犯

就是喜欢养狗的人

不知作何感想

美髯公

龙仁青来访

推门而入

摘下口罩

还没等我露出

吃惊的表情

他先开口：

"吓着你了吧"

接着给我解释

因为一件事

他发了一个愿

等事情过去了

就剃掉胡须

我没有追问

是什么事

也不需要问

只是告诉他

尽管胡子花白

人老了十岁

但看上去挺美

成就感

在工作中

给我带来成就感的事

我首选下面这件：

五六年前

一个比我小二十岁的女孩

不胜任编辑工作

被迫辞职

告别时对我说：

"你不是我领导了

但我还认你做朋友"

我点头同意

尽管她再未跟我联系

狗屎

面对路上的狗屎

几乎所有人

都会视而不见

绕道走过

我也是这样

当有一天不小心

踩到一堆狗屎

我都没好意思生气

因为突然意识到

这就是一小时前

看见的狗屎

真实想法

我为什么

老提杜甫

其实我想的是

与之息息相关

持续八年之久

的安史之乱

其中一个人

如何活下去

并有所成就

才是我

真正感兴趣的

遭遇

有一晚散步

狭路相逢

躲避不及

我与一个醉汉

撞在一起

他一字一顿道：

"我看清了

世界的本来面目"

虽然紧接着

他一头栽倒于地

呼呼大睡

但是我信

四十九岁的一个梦

大学同学合影

一个初中同学

非得挤进来

我欣然同意

还一把拉过来

让他跟我站在一起

此人没上过大学

初中毕业后

就一脚踏入技校

此后再未联系

我已想不起

他的名字

如实相告

身为诗人

我自然读过策兰

知道作为犹太人

他遭受的苦难

但对其作品

包括被他人

推崇备至的

《死亡赋格》在内

就是喜欢不起来

我努力尝试过

但还是做不到

假装喜欢

只能这样了

抱歉

在菜市场遭遇小时候

我向卖菜的人求教

一种我从来没见过

也自然不认识的蔬菜

她指着旁边的大棵菜

如是告诉我：

"就是小时候的它"

那天我买回两把小时候

虽然我吃过成年的它

味道难称喜欢

管

在工作中

我是一个

归我管的我管

不归我管的

尽可能不管的人

没想到这成了

我能写好诗的

一个必要条件

写诗费不费力气

早晨看上了左右

一首十几行的诗

但觉得有小不顺

发微信令其斟酌

他欣然同意

小半天过去了

他又发来信息：

　"我今天拉肚子

各种不在状态

等下缓过来就改"

写这首诗的时候

已近午夜时分

他仍然悄无声息

途经麒麟湾里的一片小树林

在我的目光

长时间地追随

两只上下翻飞的

麻雀之后

一只喜鹊出现了

接着一只

久违的啄木鸟

也跃入眼帘

我知道将会有

更多的鸟儿

出现在那里

有一些我可能

都未曾见过

叫不出名字

只要我能够

一如既往

更长久地伫立

并且观望

在雨中

与大雨不同

在小雨中

丢出去的烟头

是一点一点

慢慢熄灭的

而在大雨中

就快得多了

并伴之以

哧啦一声

回答

在楼下

经常有一些

玩耍中的孩子

跑过来问我：

"叔叔几点了"

我经历过

知道他们的

目的是什么

自然也明白

何以在回答

他们的时候

比正常时间

少说几分钟

乃至更多

理解

古代的人

哪儿来那么多

离愁别绪

其实不难理解

如果你是他们

去一个地方

不是骑马

就是坐船

或者徒步

一走几个月

甚至一年

也会这样

树

我是树

是今天上午

在麒麟湾公园

散步过程中

又一次目击

一只啄木鸟

攀缘而上

敲敲打打

一棵大树之时

从心生喜悦中

认识到的

观鸟

如果一个人

吃一口饭

就抬起头

紧张地四处看看

再吃一口饭

又抬起头

向四处紧张地看看

我会作何感想

我说不好

我没见过

但我见过一只鸟

吃一口饭

就抬起头

紧张地四处看看

再吃一口饭

又抬起头

向四处紧张地看看

在我院子里

小花园的草坪上

但仍然说不好

是什么感觉

反正我屏住呼吸

装成一棵树

直到它吃饱

振翅飞走

才发现自己

虽然天不热

穿得也不多

居然流汗了

拖着苍蝇尸体的蚂蚁

我知道它一定要往哪里去

但是我不知道它要往哪里去

我想知道它往哪里去

我想我只要一直盯着

就会知道它往哪里去

可最终我不知道它去了哪里

天黑了

遇到李白

我在过街

等待红灯过程中

遇到了李白

其实只是遇到

他的两句诗

关键是它们

出现的位置

——一个经过

粉饰的大变压器

让我觉得

那就是李白

该在的位置

安慰

我向来大手大脚

对钱缺乏必要的敏感

大学时就是这样

一个月的生活费

上半个月就造得精光

下半个月不得不

以借贷的方式过活

后来才知道

凡·高也如出一辙

以至于提奥

给哥哥的生活费

一个月分两次

最后定成三次来寄

虽然是马后炮了

但也给我一定安慰

"请注意，倒车"

只顾着

提醒他人

而忘了自己

于是

悲剧发生了

一辆小货车

"吭"的一声

撞到墙上

剁鸡

我的拿手菜

小鸡炖蘑菇

原材料中的鸡

一半是直接

从市场上买来的

一半是父母买好

收拾干净

然后送过来的

不管是哪种情况

都一块一块

清清爽爽的

才进入我家里

不知为什么

最近一次

父亲送来的

却是一只整鸡

于是就出现了

我在剁鸡过程中

不但大汗淋漓

由于缺乏经验

血水四处飞溅

有那么两滴

还跑到眼睛里

揉了老半天

弄得跟哭了

一场似的

别信

谁说养鸽子的人

不吃鸽子

我认识的一个人就吃

只不过吃的是

自己的鸽子

拐带回来的野鸽子

和别人家的鸽子

不吃自己养的而已

第五辑

欲加之罪

父亲节

我没给父亲打电话

向他祝贺节日快乐

并告诉他我爱他

我说不出口

同时也深知

如果我这么说了

他会比我更别扭

不过我想好了

过几天就是端午节

回家的时候

不但要带粽子

还要给他买两条烟

尽管我不愿意

让他抽太多

为时不晚

这是我在阅读略萨的
《天堂在另外那个街角》一书时
脑子里一而再再而三
蹦出来的一个词

该书讲述的是弗洛拉
和她三十六岁
才第一次拿起画笔的
外孙高更的故事

过去读毛姆的
《月亮和六便士》时
脑子里也曾经噼里啪啦
往外冒过这个词

洗车

你只顾着

给她们算账了

一个小时

可以挣三百

或者四百

我看到的却是

不到一个小时

两个女人

挥汗如雨地

洗了六辆车

退化

作为政工干部

父亲这一生中

还客串过

电工

木工

水暖工

屠夫

农夫

樵夫

花匠

泥瓦匠

饲养员

理发师

人民教师

拖拉机司机

凡此种种

不一而足

而他的儿子

除了能摆弄

一些文字

其他方面

跟生活白痴差不多

换个灯泡

腿肚子

直哆嗦

对话

"太可怜了
被判二十年
她要死在监狱里了"

"其实没有关系
有哪一个人
不是死在监狱里呢"

旅途

坐在前排

比坐在后面

看到的风景

明显要多

养鱼

为了进一步

改善鱼的生活环境

儿子通过网购的方式

费了挺大劲

花了不少钱

先后从深圳买来

沙子、小鹅卵石

石子、大鹅卵石

从我家出发

向北步行十五分钟

在一条河边

这些东西能轻易得到

在理发店里

"好不好"

一个烫发的女孩

不断把这个问题

甩给坐等的女孩

后者显然被问烦了

说："你自己不喜欢

光别人喜欢有什么用"

前者也有点生气：

"我自己真无所谓

让别人喜欢就行"

她们并不知道

无聊的拌嘴

涉及的问题

相当严肃

老鼠

在成都

走一段夜路

在静默中

友人突然发声：

"老鼠"

吓了我一跳

尽管自始至终

我也没看见

这只老鼠

不爽的梦

"如果老板娘知道

你住在我们店里

房费会给你减半"

店小二如是告诉我

作为诗人听闻此言

我自然挺高兴

于是对店小二说：

"你就告诉她好了"

第二天结账

房费果然打了半价

不过理由有所不同

且与诗没有半毛钱关系

拒绝

左右向我约一首
写滩羊的诗
我告诉他：
 "我好像写过
在宁夏吃羊头的诗
不知道算不算"
左右回复我：
 "把羊头改成
滩羊头即可"
被我以
 "让我想一想
还有没有别的"
拒绝了

昌耀

在纪念昌耀逝世二十年座谈会上

当昌耀之子王俏也说出

其父喜欢把自己关在房子里

却让儿子一个人玩时

我的鼻子一酸

后来他讲到昌耀买了一台

十二寸黑白电视机

让它跟儿子一起玩

也没能让我的情绪好转

反而变本加厉

眼泪差点儿流出来

垃圾

我不是每次

都把垃圾

扔进垃圾箱

比如纸壳

和塑料瓶

我会把它们

放在垃圾箱

旁边的地方

我知道

有人要

红叶

当我想

在这树漂亮的

红叶之中

找到一片

单独拍照

竟然发现

没有一片

是完美的

纪事

对格丽克获得

诺贝尔文学奖

在我的朋友圈里

最高兴的人

当属晴朗李寒

他终于可以

赚一笔小钱了

他苦巴巴经营的

书店里有不少

格丽克诗集存货

这也是诺贝尔文学奖

公布两天以来

我能想起来的

与之有关的

最高兴的事情

现象

我并不迷信

但的确看到

不管是当代

还是古时候

好诗人都有

一个好名字

唯一的疑惑

有待厘清的是

他们先有好名字

才写出好诗

还是先写出好诗

名字才变好

欲加之罪

记得年轻的时候

有一年与大领导

一起出差

不知他是怎么想的

非得要我与他

住在同一个房间

其结果是

我一夜没合眼

翌日早上

我哈欠连天

在其追问之下

告知了原因

他的回答

差点把我噎死

不过想一想

似乎有点道理

弄得我十分惭愧

他是这么说的：

"你不好好睡

老听我打呼噜干什么"

星期日

估计受到影响的住户
都像我一样如是想：
"总会有人出面干涉"
至少十二楼的李伟
在第二天上班之后
告诉我他是这么想的
其结果是我被冲击钻
之声折磨了一天
李伟也概莫能外
其他人也好不到哪里

致友人

不能因为崇拜

布考斯基

写他那样的诗

把自己的生活

弄得一塌糊涂

当然你的生活

本来一塌糊涂

是另一回事

醉酒

在我的喝酒生涯中
醉得最快的一回
发生在一个家伙
说出"我读不懂的诗
才是好诗"的那次
我倒不是真醉了
只是让大家以为醉了
借机溜之大吉
我是真怕那个人
早我一步喝醉
抡起酒瓶砸我

想知道

从沙漠里出来

要从一面山坡

滑沙而下

才能离开沙坡头

管理方规定：

年龄超过五十五岁的

不能滑

刚好团队里

就有几个这样的人

我不知道他们

最终是怎么下来的

当时我就想问问

但看到他们脸上

萧索的表情

就没有开口

一晃一个月过去了

我还是想知道

同时我也知道

就算有一天见了面

我仍然不可能开口

问这件事

改变

鱼缸里

有一条鱼

活着的目的

就是把自己

藏起来

平时都看不见

我想这与死

没什么分别

改变如上看法

是在它真的

死了之后

吕不韦

电视剧《大秦赋》

里面的人物

我最喜欢的是吕不韦

不是因为他主持编撰了

《吕氏春秋》

不是因为他智慧过人

不是因为他位极人臣

贵为秦国丞相

而是因为他颠覆了

商人在古代

位列士农工商

最末尾的卑贱地位

尽管我不是商人

也不喜欢商人

我无意标榜自己，是真这么想的

我的诗不是

第一次被抄袭了

所以我才敢说

每次看见这种情况

我的第一反应

通常都不是愤怒

相反心生喜悦

还会小声嘀咕：

"我的这首诗

应该不错

有人喜欢"

冬至翌日早晨抒怀

一年之中
最漫长的夜晚过去了
即便是再漫长的夜晚
也终将过去

罪魁祸首

昨天买回来的

八条红绿灯鱼

一夜之间

被花狗鱼吃掉七条

令我愤怒不已

欲将其从鱼缸里

捞出来处死

以解心头之恨

被儿子制止

并且被其说服：

　"花狗鱼明明吃小鱼

可你偏偏把它们

放在了一起

罪魁祸首是谁

应该是很清楚的"

酒店

酒店房间不隔音
向来是我痛恨的
但夜宿罗浮山下
绵州温泉酒店
却有了改变
那是在入睡前
清晰地听到窗外
传来雨水击打
大地的鼓面之后

在安州荷花塘

一

夜雨初停

一路行来

令我老是产生

端起荷叶的杯子

将其中的清水

一饮而尽的欲望

二

荷花似是无用的

尤其对照与之

比邻而居的水稻

但此刻叫我的心

体会到愉悦之感的

不是水稻是荷花

三

游安州荷花塘

还是留有遗憾的

在参观过程中

没有看到一只蜻蜓

更别说落在

尖尖角上的

杨万里的蜻蜓了

在西安地铁上

我妈的座位

是一个年轻人

给让的

当她的旁边

又出现一个

空座之时

她并未顾及

站着的

另一个老人

一把拉我坐下

我站起身来

又让给了

那个老人

是另一回事

惊讶

在五星级酒店

西安芙蓉阁喝茶

在父亲的追问下

为我们服务的

小姑娘说出

月薪只有三千元

对于这个收入水平

儿子表现出惊讶

我没有

但是我有另外的惊讶

来自小姑娘说出

如上事情时

始终微笑的表情

和平静的语调

青春

车过陕师大

我告诉母亲

这里就是

我上过四年

大学的地方

但母亲并没有看

而是自说自话：

"当年的生活费

还是给少了"

我想安慰她：

"过去穷呗

谁家都一样

况且给得再多

就我的花钱能力

一个月的钱

也只够半个月"

母亲的车轱辘话

还在继续

我也就没有开口

而是指给她看

前方的电视塔

并且告诉她：

"电视塔以南

当年都是麦地"